KB099123

글자 사이로 바람이 불면

지혜사랑 275

글자 사이로 바람이 불면

황박지현 시집

지혜

시인의 말

절대 들키고 싶지 않다가도
가끔은 간절히 들키고 싶던 마음들을 모아
한 권의 시집으로 엮는다

부디,
누군가에게는 시원한 바람이
누군가에게는 훈훈한 바람이 되어주기를…

2023년 여름
황박지현

차례

1부

2부

3부

4부

• 일러두기

페이지의 첫줄이 연과 연 사이의 띄어쓰기 줄에 해당할 경우 > 로
표시합니다.

1부

선풍기를 보며

일생에 한 번
나도 너처럼

누군가에게
푸르른 바람 한 점
날려줄 수 있을까

원할 때
원하는 방향
원하는 세기로

눈보라

세상은 숨 막히도록 고요했고
우리는 아무 말 없이 걷고 있었어요

얼음장 같던 잿빛 하늘
결국,
무너져 내리네요

산산이 부서져도
함께 가는 길이기에
망설임 없이 온몸을 던졌던 눈발

가로세로 퍼부어도
땅에는 닿지도 못하고
허공만 맴돌았어요

그날이 우리의 마지막이었지요
우리가 너와 나로 흩어지던 날

너와 나의 속도

나는 빛의 속도로 너에게 가고
너는 달팽이의 속도로 나에게 온다

너를 만나러 갈 때 나는
아무것에도 눈길 주지 않고
발길을 재촉하지만

너는 나를 만나러 오면서도
꽃도 보고,
하늘도 보고,
벤치에 앉아 쉬기도 하고

그래도 나는
행여 너를 지나칠까
부지런히 부지런히 너에게 간다

네가 천천히 오고 있으니까
내가 더 빨리 가야지

너에게로 가까이
더 가까이

솟대

한눈에 봐도 아셨을 거예요
왜 여기에 이렇게 서 있는지

목 쭈욱 빼고
몸은 장대처럼 길게 늘이고
얼굴은 늘 한 곳만 바라보고 있지요

언제나 오실까요
오기는 오실까요

지나가는 바람이 말합니다
오래 걸릴 수도 있겠지만 오기는 올 거예요

날아가던 새들이 속삭입니다
멀리서 그가 오는 걸 봤어요

꼬챙이처럼 말라가는 나를
딱하게 여긴 사람들이
동네 어귀에 데려다 놓습니다

높이 솟아 더 잘 기다리라고
오실 그대 제일 먼저 마중하라고

내 눈의 커튼

내 눈에는
한 쌍의 커튼이 달려 있다

최첨단 생체인식 보안장치가 장착되어
해킹이 불가능한 인공지능 커튼

아침이면 열고
잠들기 전에 닫지만

나머지 시간엔 원하는 대로
열기도 하고 닫기도 하고

놀라면 활짝 열어젖히고
좋은 사람을 보면 살짝만 열어
실눈을 하고 웃는다

너를 처음 만났을 때가 딱 그랬다

바람이 실어 오는 것

바람이 너를 실어 온다
데려가지 않는다

꽃잎이 너를 실어 온다
데려가지 않는다

비도 너를 실어 온다
데려가지 않는다

낙엽도 너를 실어 온다
데려가지 않는다

너를 데려온 것들은 다 떠나고
너만 남는다

늘 그렇다

안개꽃의 노래

좋아한다면서도
나만 초대한 적은 없고
늘 친구들과 함께 불렀죠, 묶음으로

괜찮아요
세상에 저만 꽃인 줄 아는 도도한 장미 뒤에 서 있어도
진한 향수로 유혹하는 백합 가운데 섞여 있어도

그대 내 곁을 지나갈 땐 어찌나 가슴이 떨리던지
하마터면 큰 꽃들 사이에 숨어서 울 뻔했지요

가끔은 그대가
햇살 환한 창가, 작은 꽃병이 놓인 식탁으로
나를 초대하는 상상을 해요

단둘이 마주하는 첫 만남
난 아무 말도 못하고 그대 곁에 가만히 서서
햇살 쏟아지는 창밖만 바라볼 수도 있을 거예요

그러다 얇은 하얀 커튼이 바람에 살랑 나부끼면
오래 준비해 온 노래를 들려 드릴게요

\>

마침내 그대에게

꽃이 된 나의 노래를

알고리즘

무엇이 너를 내게 데려왔을까

수천 번의 검색
수만 번의 클릭이 반복되어

마침내 만난 우리

천만년 전부터 네가 나를 불렀기에
수천만년 전부터 내가 너를 찾았기에

오늘, 이 자리
이 순간의 기적

눈썹달에게

때 되면 나타나 실눈 뜨고서
가만히 훔쳐본 거 모를까봐요

금빛 눈썹 내리깔고
고요히 내려다봤죠

그래 놓곤 말도 없이
가버리다니

나도 같이 바라본 거
설마 그대 모르셨나요

골목 풍경

　어젯밤엔 당신 집 앞에 다녀왔습니다 배달되지 못하고 당신 집 앞 여기저기 흩어져 뒹굴고 있던 내 마음들을 하나씩 하나씩 주워 담으며 기꺼이 보냈으나 배달된 적 없는 마음들은 누구 것일까 생각했습니다 멋대로 보낸 책임이 더 클 거란 생각에 겨우겨우 다 주워 담긴 했는데 이 마음들 다 가져가 버리고 나면 내일 아침 당신은 골목 풍경이 어딘가 달라졌다 느끼실까요

손이 잡고 싶어서

처음으로 그릇에 손잡이를 단 사람
누구였을까

예쁘고 우아한 커피잔 손잡이
뾰로통 입에 배 불룩 주전자 손잡이
달빛보다 반짝이는 은쟁반 손잡이

잡고 싶은 손 떠올리며
보이는 그릇마다 손잡이를 만들었을까

원하는 손 잡을 수 없어
그릇의 손이라도 잡아보고 싶었던 사람

쉘부르*의 이별

눈 내리는 크리스마스 이브
하늘이 유난히 까맣던 밤에
우리는 다시 마주쳤지요

아무렇지 않은 듯 인사를 하고
아무렇지 않은 듯 안부를 물었지요

어쩌면 그날, 우리
가슴 깊숙한 곳에 펌프를 대고
묻혀 있던 서로를 퍼올릴 수도 있었겠지요

한 때 우리를 태웠던 그 불로
현실이라는 주유소를 살라버리고
다시 부둥켜안을 수도 있었겠지요

그러나 하필 그날, 신호처럼
차가운 눈이 펑펑 쏟아져
온 세상을 덮고 있었지요

지난 일은 뒤돌아보지 말라는 듯이
하얗게 잊어버리라는 듯이

>
짧은 인사를 마지막으로
우리는 다시 헤어졌지요

어깨에 쌓여가는
얼어버린 눈물들을 털어내면서

* 영화 '쉘부르의 우산'의 배경이 되었던 프랑스 노르망디 지방의 소도시.

빨래에 대한 상상

가끔, 당신이 내 빨래였으면 하는
상상을 해요

그럼 난 당신을
처음 준 마음 같던 흰색 티셔츠
함께 걷던 그 바닷가 하늘색 남방
불타는 듯 빨갛던 스웨터와 함께
세탁기에 집어넣고

안심 싸이클로 천번 만번 돌려
미련 한 방울 남지 않게 탈수해서
건조기에 바싹 말린 후

풀어지지 않게 단단히 접어
서랍 깊숙이 넣을 거예요

그러다 세월 흘러
이름조차 가물가물해지면
혼자 가끔씩 꺼내보게요

인연

스쳐 지나간 많은 사람들에 감사해요

이른 아침 한적한 공원에서도
좁디좁은 동네 골목길에서도
걷다 보면 어깨 부딪치는 도심 한복판에서도

셀 수 없이 많은 사람들이 나를
그냥 지나쳐 갔지요

수많은 사람들 중 단 한 명
그대를 만나게 해 주려고
모두들 나를 모른 척했었군요

첫사랑 그 소녀

세상 모든 남자들 가슴속엔 첫사랑이 삽니다
세월 흘러도 처음 준 마음 잊지 못해
외로울 때마다 몰래 만나러 갑니다

코스모스처럼 하늘하늘하고
흰구름처럼 몽글몽글하고
비 온 뒤 풀잎처럼 싱그럽던 그녀

처음이라 설레고
처음이라 서투르고
처음이라 더 아프던 사랑

그때 그녀의 손을 놓지 않았더라면
돌아서는 그녀를 잡았더라면
죽기 전에 한 번이라도 볼 수 있다면

남자들은 모르나 봅니다
세상 모든 사랑이 첫사랑이라는 것을
둘이 만나 처음 하는 첫사랑이라는 것을

곁에서 시무룩하게 늙어가는 아내 또한
누군가 애타게 그리워하는 첫사랑 소녀이고
그 소녀는 마지막 사랑에 일생을 걸었다는 것을

짝사랑

그대 따라나선 길의 마지막은
천 길 낭떠러지

메아리도 돌아오지 않고
한 발 내디디면 바로 저세상이 되는

구름조차 길 잃은 그곳엔
바람만 아래로 아래로 곤두박질치며
나를 부르는데

한 번도 따라오라 한 적 없는 그대는
스스로 절벽이 되어 서 있네

나무 한 그루
풀 한 포기도 허락하지 않겠다는
직각의 거부

그대,
뛰어내려 죽을 수도 없는 나의 절벽이여

바다에 내리는 눈

아무리 쏟아져도 달라질 건 없겠지요

하늘 가득
바다 가득
눈앞 가득

하늘과 바다의 경계를 허물면서
앞이 아득해지도록 쏟아져도
눈 깜짝할 사이 잊히고 말겠지요

그럴 줄 알면서도
차가운 얼굴이라도 한번 만져볼까 하여
흩어지는 거품으로라도 기억될까 하여

앞뒤 가리지 않고 내달립니다
앞이 캄캄해질 때까지 쏟아집니다

2부

변기의 전설

본디 네 시작은 풀벌레 우는 수풀이거나 작은 나무 아래 어디쯤이었으리라 오랫동안 얼마나 푸대접을 받았는지 이루 말할 수 없는 세월이었구나 물론 가끔 달덩이 같은 백자 단지나 놋 단지로 태어나 남의 집 안방에 들어가 은밀한 일들을 엿본 전력이 있기는 하였지 그러나 거의 대부분의 세월을 집의 가장 후미진 곳에서 가까이하면 안 된다는 둥 멀면 멀수록 좋다는 둥 온갖 험담에 시달렸었지 그런 네가 이제는 각 집 요지에 독방을 차지하고 앉아 거울에 자신의 우아한 자태를 비춰보며 아침저녁 사람들의 문안인사를 받는구나 어린아이부터 어른까지 모든 사람들이 시시때때로 너에게 와서 신성한 우물에 경배하고 하루 종일 자신이 어디에서 무엇을 먹고 마셨는지를 털어놓는 몸의 고해성사를 행하는구나 추궁도 비난도 없이 묵묵히 듣고 있던 너는 고해성사가 끝나면 행여 누가 보기라도 할세라 재빨리 물 한 바가지를 뿌려 죄를 사해 주고 다시 맑은 물을 가득 채우는구나 그리곤 언제 또 올지 모를 누군가를 위해 다시 몸과 마음을 단정히 하고 문을 꼭 닫은 채 조용히 집안사람들의 평안을 비는구나

건너편

공간을 둘로 나누고
창이 속삭인다

좋은 건 다 건너편에 있어

봐, 꽃도 더 붉고
잔디도 더 푸르고
햇살조차 더 환해 보이지 않아?

내가 자리를 옮기면
다시 생겨나는 건너편

나는 매일 창에 기대어
건너편을 바라보며
한 뼘씩 야위어 간다

좋은 건 왜 늘 건너편에 있을까

양로원의 미니멀리스트

남은 건
낡은 침대와 담요 하나
밥과 국 반찬을 함께 담는 식판 하나
유행 타지 않는 환자복 한 벌 뿐입니다

사치라면
식사 때마다 먹는 정체불명의 약들
가끔씩 나오는 요구르트 한 병

일생 한 번도 바란 적 없던
미니멀리스트가 되어
가졌던 모든 것들을
차례차례 떠나보내면서도

찾아오는 사람의 수는
소유와 정비례한다는 세상 이치를
아직도 다 깨우치지 못하고
오늘도 오지 않는 사람들을 기다립니다

이제는
평생 함께해 온 팔과 다리 눈과 귀도
더 이상 함께 하기 힘들다며

경고장을 보내온 지 오래니

조만간
이 몸도 버리고
떠나야겠지요

수도꼭지 앞에서

얼굴 잠깐 마주 보고
손 한 번 잡았을 뿐인데
주르륵 눈물 흘리는 너

무슨 일이 있었던 거니
말도 없이 왜 그리 우는 거야

아무리 물어도
대답도 없이 눈물만 주르륵
나도 덩달아 눈물이 주르륵

너도 나처럼
마음 털어놓을 사람 하나 없이 외로웠구나
찰랑이는 물 한 동이 가슴에 담고 있구나

아무 말 없이 서로 바라보며
눈물만 흘리는 저녁

빈 컵의 생각

내 속은 텅 비어 있어요
그럼, 나는 텅 빔인가요

물을 담으면 물컵이
와인을 담으면 와인잔이 되고
꽃을 꽂으면 꽃병이 되죠

그럼, 나는 물이나 와인인가요
꽃인가요

텅 빈 것은 내가 될 수 없고
잠깐 머물다 사라지는 것들도 내가 아니고

그럼, 나는 누구인가요

필요하지만 원치 않는다는 매정한 말에도
그대 위한 자리 비워두느라
테두리가 되어버린 나

그럼 나는, 텅 비어
채워지기를 기다리는 기다림인가요

고장 난 냉장고

원하는 건 다 가져가라는 듯
늘 두 팔 벌리고 서 있었지

문 열고 김치 꺼내고 문 닫고
문 열고 과일 꺼내고 문 닫고
문 열고 쥬스 꺼내고 문 닫고

가끔은
문 열고 뭐 있는지 보고
다시 문 닫고

온종일 열었다 닫았다 넣었다 뺐다 해도
불평 한마디 없이
서늘한 웃음 한 번 날려주곤 원위치

그러다 밤이 되면
깜깜한 부엌 한 귀퉁이에서
위잉 위잉 앓는 소리를 내던
우리 엄마 닮은 너

평생 식구들 목마르지 않게
배고프지 않게 하겠다는 일념으로

묵묵히 일만 하더니
어느 날 아침 조용해졌지

멈춰 선 후에야 이별인 줄 알았어
말없이 눈물만 뚝뚝 떨구던
고장 난 냉장고

침대에 누워

침대는 밤의 강을 건너는 배

오늘도 나를 태우고
항해를 시작한다

눈 감으면
오늘 눈 흘긴 사람이 제일 먼저 승선하고
소소한 일상과 그리운 얼굴들이
차례대로 배에 오른다

아래칸에선
늘 의기소침한 어제와
자기만 봐 달라고 성화인 오늘
준비성 없는 내일이 투덜거리고

밤 깊어
달과 별이 내려와 바다에서 쉬고
파도조차 주름 펴고 잠을 청하면

나는 휴식이라는 이불을
돛처럼 크게 펼쳐
머리끝까지 끌어올린다

>
틈만 나면 탈출을 노리는
걱정과 근심을 단단히 포박하여
평형수로 가둬두고서

겨울나무

다 떠나보내고
맨몸으로 추위에 떨고 있겠구나
동정하신다면

넣어 두세요

이제야 모든 장식 다 떼고
온전히 나를
드러내고 있답니다

지금은 나만을 위한 시간

찬바람과 친구 하며
이 겨울을 마음껏 즐길 겁니다

함께 휘파람을 불고 싶으시다면
바람 부는 언덕으로 놀러 오세요

와이어리스Wireless

나를 묶어두지 마라
내 소원은 Wireless

보아라 자유다
나는 줄에 얽매이지 않는다
가고픈 곳은 어디든 간다

허기질 때면 숙이고 들어와
줄 대고 엎드려 있으나
마음은 언제나 반역을 꿈꾼다

먼 옛날
아담과 하와가 꾸었던 꿈

오이의 기도

흠집 나기 쉬운 얇은 껍질 대신
호두처럼 단단한 갑옷을 주세요
세찬 공격에도 끄떡없게요

작고 짧아 하잘것없는 가시 대신
밤처럼 날카로운 가시 망토를 주세요
찌르면 나도 같이 찔러 주게요

보일 듯 말 듯 여린 씨들 대신
복숭아처럼 큰 씨 하나 주세요
상처받아도 속은 안전하게요

이것도 저것도 안 된다면,
늙은 호박처럼 텅 빈 속이라도 주세요

너무 아파 눈물 참을 수 없을 때
밖으로 보이지 않게 담아 두게요

휴일 아침

이불 밖으로 빼꼼히 얼굴을 내밀어 시계를 본다. 아침 임무를 부여받지 못한 알람 시계가 멍 때리는 얼굴로 나를 쳐다본다. 더 자도 되지? 이미 알고 있으면서도 다시 한번 자문자답한 후 답을 알아낸 자신을 스스로 대견해하며 다시 이불 속으로 쏘옥 들어간다. 이불을 돌돌 말면서 겨울잠을 자는 새끼 곰도 엄마 곰 품에서 지금의 나처럼 포근했을까 상상해 본다. 나는 뱀띠니까 겨울잠이 필요한 거라고 혼자 중얼거려 보기도 한다. 이불속에서 온몸이 빵그란 물풍선처럼 부풀어 오른다. 풍선 안의 물이 따스하다. 적당히 따스하고 말캉말캉한 물풍선은 베고 자기에도 깔고 눕기에도 덮고 자기에도 너무 좋다. 이 아침이 길었으면 좋겠다.

인생 구슬

나 어릴 적 우리 아버지
작은 구슬 하나 주시며 말씀하셨지, 애야
이 안에 앞으로 네가 살아갈 시간이 들어 있단다

시간은 느린 것 같다가도 순식간에 사라지고
빠른 것 같다가도 한 자리에서 꼼짝 않을 때가 있으니
늘 아끼고 소중히 하거라
시간을 잘 사용하는 게 잘 사는 거란다

나는 너무 어려 아버지 말씀을 이해할 수 없었으나
그 구슬이 너무 예뻐 손에 꼬옥 쥔 채
까치발을 하고 담장 밖을 바라보며
앞으로 내게 어떤 일들이 생길지 상상하기 시작했다

그렇게 얼마나 지났을까

앞만 바라보고 있던 내 등 뒤로 누가 소리친다
진지 드세요 진지 드시라고요

그리곤 이내 중얼거린다
요즘 따라 귀가 많이 어두우시네
보청기라도 해 드려야 하나

\>

힘겹게 걸음을 옮기는 내 발등 위로
노란 은행잎이 툭 떨어진다

어른 되던 날

놀이동산 곰돌이가
곰 탈을 쓴
알바생이었다는 걸 알게 된 날

탈 속에서 땀 흘리고 있을
곰돌이가 안쓰러워서
사진 한 장 같이 찍어줬다

안 그러면 무안할까 봐
한가하면 시급 못 받고
알바에서 잘릴까 봐

내비게이션

길 떠날 때면
항상 함께이면서도

늘 똑같은 말투
똑같은 태도

세월 흘러도 친해지지 않는
기묘한 동행

이만하면 가까워질 때도 됐는데
아는 것도 많은 듯한데

가끔은,
어떻게 가는지만 말고
어디로 가야 하는지도
알려주면 안 되나요

인생의 부호

어린 시절의 나는 물음표
세상은 정말 신기하고
궁금한 것 투성이야

청년 시절의 나는 느낌표
방향만 정해졌다면 어디든 갔을 거야
아무도 날 막을 순 없었을 걸

중년의 나는 쉼표
정신없이 달리다 보니 어지러워
어디든 걸터앉아 쉬고 싶어

머리 희끗희끗해진 나는 다시 물음표
긴 세월 살았어도 아는 건 별로 없고
머릿속엔 의문들이 가득해

앞으로 내게 남은 부호는
어떤 것일까

이젠 그만 멈추라는
까만색 마침표일까

달팽이의 집

달팽이가 느릿느릿 기어갑니다
커다란 껍데기를 등에 지고서

걱정스런 마음에 물어봅니다
무겁지 않아?

가던 걸음을 멈추고
고개를 쭈욱 빼더니
달팽이가 느릿느릿 대답합니다

지는 게 즐거우면 집이고
지는 게 괴로우면 짐이래

이건 내 집이야
지고 가는 게 즐거우니까

그런데, 넌 어때?

동굴과 마늘과 쑥

분명 백일은 다 채운 것 같은데
마늘 개수가 모자랐는지
유기농 국산 쑥이 아니었는지
온전한 인간 되지 못한 채 세상에 나온 나여

먼저 뛰쳐나간 호랑이에 비하면 내가 낫지 싶다가도
완전한 인간 웅녀를 보면 괜히 주눅 들어
우물쭈물하는 사이

인간 되지 못한 호랑이들은 영웅이 되고
동굴 근처도 못 가 본 여우들은 설쳐대고
웅녀들은 세상 보기 싫다고 산으로 들어가 버리고

어느 쪽에도 속하지 못한 나는
세상에서는 호랑이 여우 욕하느라 바쁘고
산에 가서는 웅녀들한테 세상 안 구한다고 불평

분명 쑥과 마늘도 열심히 먹었는데
동굴에서도 있을 만큼 있었는데
왜 나만 이 모양일까 고민하다가
퍼뜩 든 생각

혹시⋯⋯⋯⋯⋯
내가 갔던 동굴이
그 동굴이 아니었나벼

3부

가난한 컵라면

힘들 때일수록 끼니 거르지 말라며
스프 국물에 급히 제 몸 우려내고
가느다란 나무젓가락을 건네는 너

계란 한 개 김치 몇 조각
그런 것들조차 사치였을까

누군가에겐 골라 먹는 맛
나에겐 먹어야만 견디는 한 끼

뚜껑을 벗기자 흐릿해지는 시야
내 지난날처럼 엉켜버린 창백한 실타래

뜨거우니 천천히 먹으라는 네 말이
오늘은 왠지
우리 엄마 목소리처럼 들렸어

사랑하는 소리

안개 낀 이른 새벽
미닫이문 여는 소리
텃밭에 발걸음 소리
펌프 물 쏟아지는 소리
할머니 잔기침 소리
야채 다지는 소리
장작불 타는 소리
솥뚜껑 여는 소리
소반에 수저 올리는 소리
내 이름을 부르는 소리
우리 할머니 나를 사랑하는 소리
언제나 내 귓가에 맴도는 소리

어떤 이별

녹슨 갈고리 같은 손이
황급히
떠나는 나를 잡는다

나도 데려가 다오

안 돼요라는 말 대신
또 올게요라고 대답한다

초점 없는 눈동자들이 미동도 없이
우리의 이별을 바라본다

미로 같은 사랑의 집* 복도를 지나
무거운 현관문을 여며 닫고 돌아오는 길

기다리던 택시 속으로
온몸을 구겨 넣으며 중얼거린다

차에도 자리가 있고
집에도 방이 있는데
오늘도 나 혼자 가는구나

>
마음까지 다 태우고
또 혼자만 가는구나

차창 밖에선
봄내 매달려 있던 꽃잎들이
아롱지며 떨어져 내린다

* 강원도 원주에 있는 노인 요양원.

우리 아버지의 밭

우리 아버지 말씀이
밭은 농사짓는 곳이 아니라
기도하는 곳이래

맨발로 흙을 밟고
밭두렁에 풀을 베며
하늘의 소리를 듣는 곳이래

잘못은 땅에 고하고
회개는 발등에
다짐은 나무에 하셨대

회개를 받아준 감자와 고구마
다짐을 되새기며 자라는 뽕나무
잘못을 덮어 준 땅이
평생의 친구들이래

그래서 아파도 가시고
추운 겨울에도 가셨대

이제는 찬 바람에
빈 옥수숫대만 서걱거리는
우리 아버지의 밭

겨울나무 우리 엄마

코끝 찡하고
귀 얼얼한 겨울 저녁

찬바람 맞고 서 있던 겨울나무가
내게 건넨 말

미안해 미안해
줄 게 없어서 미안해

잎도 지고
꽃도 지고
열매도 남은 게 없어

흔들리는 마음밖에
줄 게 없어서 미안해

아, 엄마였어요?
겨울나무 우리 엄마

어떤 기다림

허리가 90도로 굽은 박 할머니의 일과는
아들을 기다리는 것이었다
하루에도 몇 번씩 휘청휘청 달려가
혹시나 아들일까 커튼 사이로 밖을 살폈다
아무리 살펴도 아들은 보이지 않고
구름 한 점 없이 희끄므리한 LA의 하늘이 보였다
이놈의 나라는 왜 바닥에 거적때기를 깔아가지고…
궁시렁거리며 카펫에 떨어진 머리카락들을 집어내다가
현관의 신발들을 이리저리 정리했다
콧바람이라도 쐬려고 현관문을 열고 나가면
가끔 보는 옆집 노인네가 손을 흔들며 웃었다
뭐라 뭐라 말을 건넬 때도 있었지만
쌀라쌀라 하는 소리뿐이니 그냥 웃을 수밖에
머리 벗겨지게 뜨거운 LA의 햇살을 피해
다시 안으로 들어와 가끔씩 커튼을 들춰보며
밤늦게나 돌아올 아들을 눈이 빠지게 기다렸다
그러다 바닥에서 머리카락이라도 한 올 발견하면
큰 임무라도 완수하는 듯 얼른 집어 휴지통에 넣고
더 큰 임무인 신발 정리를 다시 시작했다
나갔다가 잘 들어오라고 신발 코를 안쪽으로 해놨다가
나갈 때 편하게 신으려면 신발 코가 바깥으로 있어야지
했다가
그렇게 방과 거실과 부엌을 오가다 지쳐

침대에 누워 설핏 잠이 들면 두고 온 고향집이 보였다

그땐 애들 키우랴, 집안일 하랴, 밭일 하랴 늘 종종걸음이었지

이렇게 시원한 집에서 있는 밥 먹으며 빈둥거리다니

이거야말로 내 평생 가장 큰 호사 아녀?

다시 눈을 감으면 말도 많고 탈도 많던 동네 여편네들이 떠올랐다

에구 그 여편네들 우리 집이 없이 산다고 그렇게들 무시하더니만

안 보게 되니 속이 다 시원하네

여기 사람들은 얼굴만 마주쳐도 웃던데 왜들 그리…

근데, 그 여편네들 여직 살아는 있으려나?

차 소리가 들린 것 같아 다시 내다봐도 아들은 보이지 않고

보이는 건 뿌연 유리구슬 같은 하늘

그렇게 매일 하늘을 바라보던 박 할머니의 눈빛은

점점 흐리멍덩한 회색으로 변해갔다

언제부터였을까? 박 할머니는

자신이 누구를 기다리는지 기억이 나지 않았다

그래도 박 할머니는 기다리기를 멈추지 않았다

그렇게 매일 하늘만 바라보던 박 할머니는

어느 날 아침 하늘을 향해 길을 떠났다

하늘이 자기를 기다리는 줄 알고

엄마, 제습기 한 대 놔드릴까요?
― 엄마의 80세 생신에

엄마, 올여름엔
방에 제습기 한 대 놔드릴까요?

약사전 정씨네 칠 남매 중
제일 바상바상한 성격이었다던 스물세 살 처녀는
결혼 같은 건 절대 안 할 거라고 우기다가
선보러 온 키 훤칠하고 얼굴 잘생긴 남자에게 반해 시집
을 갔다지요
집 뒤론 산이 병풍처럼 펼쳐져 있고
앞엔 시내가 흐르는 작은 동네에서
엄마는 하늘 바라볼 새도 없었다지요
봄이면 개나리꽃이 담장을 이루고 산엔 진달래가 지천이
어도
집과 밭을 오가며 밥 해대느라 계절이 바뀌는 줄도 몰랐
다지요
하루 세끼에 새참 두 번, 농사철엔 일꾼들 밥까지 해대느라
편히 앉아 밥 먹은 게 손가락에 꼽을 정도였는데도
남편은 밭에서 새참 먹을 때조차
집에서 길어 온 물로 손을 씻는 깔끔한 사람이었다지요
방 세 개 중 안방은 시어머니 윗방은 시누이 건넌방은 남
편이 썼는데
엄마는 어디로 가야 할지 몰라 부뚜막에 앉아 있었던 적

이 많았다지요

동네에서 소문난 멋쟁이 시어머니는 가끔

빨래해 널어놓은 옷에서 비누 냄새가 난다며 물에 던져
놓거나

설거지해 놓은 그릇들을 다시 설거지통에 집어넣기도 했
지만

시댁 식구 중 그나마 시어머니가 가장 의지가 되는 사람
이었다지요

여름밤이면 동네 아낙들은 별이 내려다보는 줄도 모르고

시냇물에 가만가만 멱을 감기도 했지만

엄마는 빨래할 때 말고는 냇가에 나가본 적이 없었다지요

겨울밤엔 등잔 밑에서 털옷을 풀어 스웨터와 장갑을 짜고

조각천으로 딸 입힐 색동저고리 만드느라 밤을 새우기 일
쑤였어도

한 번 오면 보름씩 안방을 차지하고 며느리 품평에 바쁜
시이모들에게

하루 삼시 세끼를 해다 바쳤다지요

언젠가 딱 한 번 죽으려고 캄캄한 밤 들판을 가로질러 냇
가로 가는데

시냇물 소리가 천둥소리 귀신 소리로 들리면서

내가 죽으면 우리 지현이 누가 키우나 싶어

마음 독하게 먹고 돌아섰다지요

그 후로는 아무리 힘들어도 죽겠다는 생각은 떠올려 본
적도 없고
모든 눈물은 가슴에 묻고 내 자식들 삶이 내 삶이다
다짐하고 또 다짐하며 사셨다지요

엄마, 올여름엔
눈물 마를 날 없던 엄마 가슴에
제습기 한 대 꼭 놔드릴게요

이상한 소원

우리 엄마 소원은 이상도 하지

생전 처음 식구끼리 밤벚꽃놀이 갔던 날
이 많은 벚꽃이 다 팝콘이었으면
흘러가는 까만 강물이 콜라였으면 좋겠구나 하셨지

애들 어릴 때 극장 한번 못 데려간 게
그 흔한 팝콘 콜라 한번 못 사준 게 생각나서
벚꽃만 봐도 짠하고 강물만 봐도 눈물 나신대

지금만 같았어도 안 그랬을 텐데
그땐 한 푼이라도 더 쓰면 애들 배곯을까 봐
콜라 한 병 사주면 학교 못 보낼까 봐 그러셨대

팝콘보다 활짝 핀 벚꽃이
콜라보다 반짝이는 강물이 훨씬 좋은데
뭐 그런 이상한 소원이 있냐며 타박했지만

그날 이후 하얀 꽃들 다 팝콘으로 보이네
까만 강물 볼 때마다 코끝이 찡해오네

먼저 떠난 친구의 장례식장에서

아는 사람들 다 불러놓고
흰 꽃 가운데서 웃고만 있는 너

먼 길 떠나며 차려놓은 밥상 위엔
네 얼굴같이 창백한 하얀 접시들

너는 밥과 국과 나물과 떡과 홍어무침
샐러드와 편육과 과일 접시에까지
네 얼굴을 띄워놓고 먹으라 먹으라 재촉하는데

먹으라는 밥은 안 먹고
하염없이 밥상 앞에 앉아 있다가
술잔 안에 떠 있는 너의 얼굴을 보았지

술잔 안의 너는 왠지 흔들리는 것 같아
얼굴이 찌그러진 것 같아

깜짝 놀란 나는
네 얼굴을 제대로 보려고
네가 괜찮은지 확인하려고

얼른 술잔을 비우고

한 잔 더 따르고 더 따르고 하는데

너는 끝내 선명해지지 않고
술잔 속에서 흔들흔들
자꾸만 혼자서 출렁거리네

영원한 퇴원
— 손상기 화백의 〈영원한 퇴원〉에 부쳐

이젠 정말 퇴원합니다

뛰놀던 바늘 인형들 다 떠난 듯 어깨는 시원하고
돌덩이 매단 듯 무겁던 다리는 날아갈 듯 가볍고
늘 커튼 친 창문 같던 눈도 환해진 것 같습니다

가구라고는 낡은 철제 침대 하나에
소지품은 오래된 지팡이 하나

다시 누울 일 없는 침대는 잘 정돈해 두었고
지팡이는 침대 위에 올려 두었습니다

평생 식구들 지키는 든든한 지팡이가 되고 싶었는데
늘 끼어들어 참견하던 그 지팡이가
사실은 모두를 힘들게 했었다는 걸
너무 늦게야 깨달았습니다

떠나기 전에 꼭 하고픈 말이 있었는데
기다리는 사람보다 먼저 도착한 퇴원 통지서

이젠 정말 떠날 시간인데
아무도 오지 않는 빈방만
물끄러미 내려다보고 있습니다

꿈속의 고향

둥그런 산 아래
둥그런 집 짓고
둥그런 사람들 사네

강물은 마을을 휘감아 흐르고
강가엔 하얀 조약돌과 작은 나룻배
뒷산엔 고봉밥처럼 붕긋한 금빛 봉분들

밤이면 둥근달이
마을을 내려다보다가

집으로 돌아오는 나를
둥그런 웃음으로 따라오던 곳

꽃의 나이

꽃의 나이는 한 살
봄마다 한 살

보송한 솜털
초롱한 눈매
벙긋 벌린 입의
꽃 아가들 모여 앉아
까르륵 웃어대면

세상은 꽃잔치
사방팔방 봄잔치

꽃의 나이는 한 살
올해도 한 살

이른 봄비

오늘은 하늘나라 아기 선녀님들의 선녀 수업 날이에요. 빠지지 않고 구름 위 걷기, 날개옷 흔들어 바람 만들기, 하늘에 별 달기, 우물에서 두레박으로 물 퍼올려 비 창고에 들이기 등 배울 게 한두 가지가 아니에요. 특히 우물에서 길어 올린 물을 창고로 옮기는 일은 아주 힘든 일이에요. 물을 물동이에 담아 머리에 이고 가야 하거든요. 선생님께서 물은 하늘나라에서도 귀하지만 땅에 사는 사람들과 동물 꽃들에게 꼭 필요한 것이니 정말 소중히 다뤄야 한다고 말씀하셨어요. 하늘 창고의 물을 꼭 필요한 곳에 제 때 보내주어야 새싹도 나고 꽃도 피니 옮길 때 특별히 조심하라고요. 그런데 오늘은 오랜만에 쨍쨍한 햇살 때문인지 아기 선녀님들도 기분이 좋아서 얌전히 걷기가 힘들었나 봐요. 물항아리를 이고 친구들이랑 떠들며 살랑살랑 춤추듯 걷다가 … 이런 이런, 물을 흘려버렸네요. 아기 선녀님들 지나간 자리마다 철 이른 봄꽃들 피어났네요.

화이트 크리스마스

겨우내 손님이라곤 바람뿐인
시골 마을 다래에도
크리스마스가 찾아왔어요

트랜지스터라디오에선 연신
크리스마스 크리스마스
화이트 크리스마스

산타 할아버지는 선물 준비로 바쁘시고
루돌프는 코가 빨개지도록 날아다녀요

동네 유일 신식 건물인 성당엔
파란 눈 노랑머리 키다리 아저씨가 오셨고
나와 동생들은 제 세상 만난 듯 시끌벅적

크리스마스 아침, 우리들 머리맡엔
작은 미루꾸 한 박스씩 놓여 있었지요

얼굴 한 번 본 적 없는 예수님 생일에
만나본 적 없는 산타 할아버지가 주신 선물

나는 아무도 모르게 가만히 일어나

하얀 도화지 같은 마당을 가로질러
흰 두루마리 휴지 같은 골목을 지나 성당으로 가서

까치발을 하고 창 안을 한참 들여다보다가
하얀 발자국 되밟으며 돌아왔지요

예수님은 그날 아침
내가 성당에 다녀간 걸 알고 계실까요

내 기억 속의 첫 화이트 크리스마스

우리 언니

우리 언니는 참 멋져요
나보다 키도 크고요
나보다 말도 잘해요

밥 많이 먹고 말 잘 들으면
언니처럼 될 수 있대서
나는 언니만 따라 해요

오늘은 언니가 넘어져서
얼른 그 자리에 가서 넘어졌어요
내일은 내가 언니가 될 거예요

닮은꼴

엄마와 마트에 갔다
한 할머니가 지나가시며
고 녀석 엄마랑 꼭 닮았네 하신다

집으로 돌아오면서 엄마에게
애들은 다 엄마를 닮느냐고 물어봤다
엄마는 당연히 그렇다고 하셨다

앗, 큰일이다
난 남잔데 엄마를 닮으면 어쩌나
그래서 그 할머니가 나를 보고 웃으셨나 보다

비 오는 날

물웅덩이 건너가자
첨벙첨벙

가운데서 뛰어보자
철퍽철퍽

비가 오면 생겨나는
우리들의 놀이터

어른들은 모르는
우리만의 물놀이터

4부

맑은 고딕체

어느 각도에서 어디를 보아도
참 반듯하고 단아한 자태

네모는 네모의 정석
동그라미는 동그라미의 정석
어떤 장식도 허용하지 않는다

휘어짐 없는 꼿꼿한 선은
선비가 따로 없고
일정하고 가지런한 간격들은
너무 가까이도 멀리도 말라는
관계의 철학을 설파한다

일생 가까이 두고 벗하기에
더할 나위 없는 친구

글자 사이로 바람이 불면
동그랗고 네모난 노랫소리가
청아하게 울려 퍼진다

컵라면

내게 허락된 굴곡진 삶에
허락된 분량의 온기를 붓고

허락된 때를 기다려요

불어 터지고 나서야
겨우 배부른

내 한 그릇의 가난

고등어의 유언

칼을 들어
머리를 치려는데
깊고 푸른 눈동자가
나를 쳐다본다

조심해
죽고 사는 게 한 끗 차이야
사방이 덫이고 아차 하면 나락이야

나도 한때는 잘나갔었어
등 푸른 생선 가문에 태어난 데다
윤기 흐르는 매끈한 몸매에
눈빛까지 깊고 그윽하다고 인기가 하늘을 찔렀지
나 때문에 물 만난 물고기라는 말이 생길 정도였다니까

세상은 넓고
어디든 갈 수 있다 믿었어
뭐든 내가 하고픈 대로 다 했었지

내가 아는 세상이 다가 아니라는 걸
너무 늦게 깨달았어

>
정신 바짝 차리고 살아
지금 칼자루 잡고 있다고 그게 영원할 거라 착각하지 마
칼날이 어디로 향할지는 아무도 모르는 거야
누가 언제 도마 위에 오를지도

이른 아침 도마 위에서
고등어가 내게 남긴
서늘한 유언

우주에서 가장 외로운 남자*

높이 올라가기만 하면 되는 줄 알았습니다

조종간만 차지하면
내 세상이 될 줄 알았습니다

그러나 지금은,
모두와 멀어진 채
넓디넓은 우주공간에 홀로 갇혀 있습니다

위에서는 아랫사람 편든다고 핀잔주고
아랫사람들은 라떼 꼰대라고 수군거립니다

내가 나타나면 아내와 아이들이 순식간에 흩어지고
뭐 하나 물으면 웬 참견이냐며 버럭 화를 내는 아내

평소대로 하면 그 습관 못 버렸다 하고
바꿔보려 하면 이제 와서 무슨 소용이냐고 타박

힘들게 도착한 곳은 영원히 머물 곳이 아니고
돌아가고픈 곳은 까마득히 멀기만 해서

밖에서는 외계인

안에서는 이방인으로

오늘도 우주를 떠돌고 있습니다

* 아폴로 11호 궤도선 조종사 마이클 콜린스의 별명. 아폴로 11호 달 착
륙 시 궤도선은 착륙선이 귀환할 때까지 달 주위를 돌며 기다렸는데
궤도선이 달 뒷면에 있을 때 지구와는 물론 착륙선과도 통신이 끊기는
상태였기에 모든 인류와 단절된 사람이라는 의미로 붙여진 별명이다.

잘했어요 스탬프

어릴 땐 삐뚤빼뚤 해님 얼굴 하나 그려놓고
오늘은 해가 쨍쨍해서 기분이 좋았다
친구들과 놀다 돌아와 저녁을 맛있게 먹었다
즐거운 하루였다고 쓰기만 해도
선생님이 참 잘했어요 스탬프를 꾸욱 눌러주셨지
남들도 다 받는 건데 나만 받은 것처럼 어깨가 으쓱

중학교 때 어떤 선생님은 부잣집 애들만 칭찬했었지
뒤에서 보니 내 책상 서랍이 제일 가지런하다고
딱 한 번 인심 쓰듯 말해 준 적 있었는데
왠지 엄마 모셔 오라는 소리처럼 들렸어

중학교 3학년 담임 선생님은 아침마다
출석부도 없이 칠십 명 넘는 반 애들 이름을 부르셨었지
공부 잘하면 똑똑하다고, 많이 떠들면 활발하다고
말 없으면 침착하다고, 말썽 피우면 용감하다고 칭찬하
셔서
일년 내내 잘했어요 스탬프를 듬뿍 받는 느낌이었어

나이 들면서 잘했어요 스탬프는 점차 희미해지고
왜 그랬어? 꼭 그래야 했어? 스탬프들에 익숙해져 갔지
그때마다 나도 속으로

대체 뭐라는 거야? 스탬프를 수도 없이 날렸으니
딱히 억울할 건 없다고 해야겠지

사람들에게 잘했어요 스탬프 하나 더 받으려고
안달복달하며 사는 건 자신의 삶을
남들에게 저당 잡히는 거라는데

그래도 이 세상 떠나는 날엔
아주 큰 참 잘했어요 스탬프 하나 받고 싶네
사느라 애썼어라는 빨간 덧글과 함께

코스모스

가녀린 줄기
가벼운 꽃잎

작은 바람에도
온몸을 다해
흔들리는 너

작은 몸에
크나큰 우주를 품어

흔들리는 자와 함께 흔들리고
우는 자와 함께 우네

그 옛날 팔레스타인의
목수 청년을 닮은 꽃

소노란* 사막의 사구아로** 선인장

어디가 그리 아프기에
온몸 빼곡히 침 꽂았나

누구를 기다리기에
온종일 눕지도 못하고 서 있나

도마뱀이 기하학적 무늬 찍어대며 어슬렁거려도
회색여우가 어둠 속에서 두 눈 반짝여도
눈길 한 번 주지 않고

뜨거운 열기가 목을 조이는 한여름과
찬바람으로 온몸 저릿저릿 얼어가는 한겨울을

벼락처럼 쏟아지다 그치고 마는 비
잠깐 피었다 떨어지는 꽃 기다리며

찌르는 가시를 침묵으로 견디는 너는

누군가를 기다리는 열망이거나
자신조차 잊어버리고픈 절망이거나

* 미국 남서부와 멕시코 북부에 걸쳐있는 북미 최대의 사막.
** 선인장 하면 떠오르는 두 팔 벌린 선인장으로 소노란 사막에 서식한다.

그래서 그랬구나
— 대한민국 젊은이들에게

그랬었구나 아무리 열심히 공부해도 시험문제 미리 받은 애들을 이길 수 없다는 걸 알면서도 너는 밤늦게까지 학원을 전전했구나 좋은 대학 나오면 좋은 직장 갈 거라 믿는 부모님을 실망시키지 않기 위해 너는 부질없이 이력서를 고치고 또 고쳐 썼구나 차를 사면 할부금의 노예로 살아야 한다는 걸 알기에 하루 종일 지하철 연결통로를 걷고 또 걸었구나 너 대신 하늘을 날아줄 드론을 사고 싶어 했구나 아무리 아껴도 내 집 마련의 꿈은 꿈으로 끝날 걸 알기에 너는 그렇게 5평짜리 월세방에 북유럽풍 카페를 만들고 싶어 했구나 맛난 음식과 예쁜 집이 네 미래가 아닌 줄 알았기에 너는 그것들을 네 인스타그램에라도 올려 보려고 그렇게도 공을 들였구나 가난한 사람들이 결혼하면 두 배로 가난해진다는 걸 알기에 너는 부모님의 성화에도 혼자가 좋다고 그렇게 우겼었구나 그래서 너는 또 네 또래 젊은이가 가방에 컵라면을 챙겨 넣은 채 일하다 안전문에 끼어 죽었다는 뉴스를 듣자 아무 말 없이 조용히 네 방문을 닫았었구나 그래서 그랬구나

불멸의 채소

슈퍼마켓에서 사 온 채소에서는
병원 냄새가 난다

무병장수의 꿈으로 일찍 수확되어
냉장실에 안치된 채
먹힐 날만을 기다리는 연약한 목숨들

휘황찬란한 불빛 아래 초록으로 화장하고
시시각각 미스트 맞으며
건강을 보장할 듯 누워 있지만

우리가 먹는 건
흔들리며 먼 길 달려와
진열대에서 링거로 연명하는

새파랗게 질린 채소들의
소리 없는 아우성

슈퍼마켓에서 사 온 채소에서는 늘
병원 냄새가 난다

LA 다운타운의 청소부

한 남자가 걸어온다
뽀오얀 흙먼지를 안개처럼 흩뿌리면서

마스크로 입을 가리고
귀가 터질 듯 울어대는 기계를 업어 달래 가며
땅에다 바람을 불어댄다

그의 지휘에 따라
하늘로 솟아오르는 하얀 비닐봉지
양치기 개에게 몰리는 양들처럼
한 곳으로 몰리는 쓰레기와 나뭇잎들

그는 어디에서 와서
이 낯선 땅을 청소하고 있는 걸까?

바삐 움직이는 그의 그림자 뒤로
온 가족이 함께 살 날만을 손꼽아 기다리는
가여운 아내와 까만 눈동자의 아이들이 보인다

그는 어쩌면 하루 종일 땅의 귀에다 대고
조금만 기다리라고, 조금만 더 기다리면 된다고
외치고 있는 것일지도 모른다

\>

한참을 그렇게 윙윙거리더니
마침내 커다란 자루를 둘러메고
골목 뒤편으로 사라진다

그 남자, 내일은 또
지구의 어느 모퉁이에서 후 후
바람을 불어 대고 있을까?

블루밍데일스*의 마네킹

블루밍데일스 백화점엔
목 잘린 마네킹들이 산다

참수당하기 전까진 부자였는지
온몸이 번쩍번쩍

유령처럼 군데군데 서 있다가
쇼핑객들 뒤에서 속삭인다

쓰레기통으로 가지 않으려면
계속 명품으로 갈아입어야 해
살아있는 척해야 해

머리 없는 건 괜찮아
비싼 옷과 보석을 걸치면
아무도 눈치채지 못할 거야

사람들도 그랬어
돈만 많으면
머리 같은 건 상관없다고

오늘도 새 옷으로 갈아입고

사람인 척하려고
어두운 밤을 기다리는
블루밍데일스의 마네킹들

* 1861년 설립된 미국 백화점.

박건호 공원*의 가을

박건호 공원 볕 좋은 팔각정 앞
빨간 고추들이 돗자리에 누워있다

햇살이 온 힘을 다해 돗자리를 끌어안고
고추들의 상처를 어루만지면
나뭇잎들이 하나 둘 노래를 시작한다

어느 소녀의 사랑이야기
그대 모습은 장미 단발머리 모닥불
토요일은 밤이 좋아 내 인생은 나의 것
당신도 울고 있네요 이 거리를 생각하세요
아! 대한민국 잊혀진 계절 그것은 인생

오래된 유행가 가사들이
푸른 하늘에 퍼져나가면

모여 섰던 코스모스들도
아는 노래 나왔다고 살랑살랑 춤사위

햇볕 쬐러 나오신 늙으신 우리 엄마
고운 볕 사라질까 마음 바빠져
햇살 속으로 부지런히 휠체어를 밀면

\>

아직은 시간이 좀 남았으니
서두르지 말자며
뒤따라 걷는 가을 햇살

* 대한민국의 1970–80년대를 대표하는 작사가 박건호를 기념하기 위
 해 원주 시청 인근에 조성된 공원.

봄비

누가 세상의 등을 두드리고 있다
토닥토닥 토닥토닥

낮잠 자는 손녀 깨우는
할머니 손길처럼

가볍게 토닥 토닥

그만하면 많이 잤다고
이제 그만 일어나라고

누가 세상의 등을 두드리고 있다
가만 가만히 토닥토닥

겨울 아침

금빛 햇살이 온 집안에 가득한
겨울 아침

나무 그림자는 들어오기 쑥스러운지
창밖에서 이리저리 집안을 기웃대고
성질 급한 바람은 들어오겠다고 연신 창을 두드린다

이런 날은 책 한 권 읽어보는 게 어때?
책장에 기대선 책들이 슬쩍 묻기에

그러기엔 너무 아까운 날이야
이런 날은 햇살 아래 모두 모여
춤이라도 추는 게 낫겠어 했더니

모두들 그러자며 함께 웃었다

다시 서울을 떠나며

강가를 달리며 바라보는 너는 매끄럽고 우아하구나
늘 마음에 품었으나
한 번도 내 것이었던 적 없는 도시여

도시를 휘감고 흘러가는 강물
잘 정돈된 수변공원과 우거진 나무들
피크닉 하는 사람들과 뛰어노는 아이들
조깅하는 사람들과 반짝이며 굴러가는 자전거 바퀴들
고개를 젖혀야 겨우 끝이 보이는 드높은 빌딩들
강 위를 가로지르는 각양각색 다리들과
그 위를 달리는 자르지 않은 김밥 같은 지하철

국민의 반을 껴안고 살면서도
쉴 새 없이 사람들을 불러들이고
좀 더 먹고 마시고 놀자, 모든 것을 함께 하자 해놓고
오직 자신만 특별하다는 너여

온갖 반짝이는 것들로 치장하고
언젠가는 나도 반짝일 수 있을 거라 속삭였지만
내게는 끝내 방 한 칸 내어주지 않았던 매정한 도시여

내가 좋아했던 사람이 살고 있을 것만 같은

내가 싫어하는 사람도 한두 명은 살고 있을 것 같은
나의 사랑 나의 서울이여

수많은 사람들로 북적여도 여전히 그 누구의 고향도 아닌
은색 뱀처럼 반짝이는 도시 서울이여
너를 두고 나는 다시 한국을 떠난다

한 사람

늦가을 오후
한 사람이 걸어간다

혼자 세상 짐 다 진 것처럼
어깨를 늘어트리고

그의 등 위로
금싸라기 같은 햇살이 살포시 내려앉아
어깨동무를 하고

눈 맑은 하늘과
까불거리는 바람
빨갛고 노란 나뭇잎이 뒤를 따른다

그는 아직, 자신이
얼마나 귀한 걸 지고 가는지 모르는 모양이다
얼마나 많은 친구들과 함께 걷고 있는지도

제습기의 고백

우는 걸 들키면 안 된다고
눈물은 혼자만의 몫이라고
누가 그러던가요

이유 묻지 않을게요
늘 곁에 있어 줄게요

사는 게 눅눅하게 느껴질 때
가슴 한구석에 비가 내릴 때

아무 걱정 말고 마음껏 우세요

제가 있는 한
당신은 그래도 됩니다

본래의 자아와 내성의 언어

홍용희 문학평론가, 경희대 교수

본래의 자아와 내성의 언어

홍용희 문학평론가, 경희대 교수

황박지현의 시 세계는 단아하면서도 강렬하고 적요하면서도 견고하다. 그의 시편에는 장황한 수사나 화려한 분식이 노정되지 않는다. 마치 봄날의 촉기와 여름날의 무성함을 지나 분분한 낙엽의 가을까지 건너온 "겨울나무"의 목질과 내성에 비견된다. 그는 모든 위세나 장식을 떨군 고졸한 "겨울나무"의 인생에 당도해 있는 것이다. 여기에는 어떤 수식도 설명도 필요 없다. 오직 자신만의 견고한 내성으로 회귀한 시간인 것이다. 이를테면, "지금은 나만을 위한 시간"이며 나만으로 세상과 마주하는 단독자의 시간이다. "겨울나무" 인생론은 가장 본원적인 자신의 삶의 원형에 해당한다.

다 떠나보내고
맨몸으로 추위에 떨고 있겠구나
동정하신다면

넣어 두세요

이제야 모든 장식 다 떼고
온전히 나를
드러내고 있답니다

지금은 나만을 위한 시간

찬바람과 친구 하며
이 겨울을 마음껏 즐길 겁니다

함께 휘파람을 불고 싶으시다면
바람 부는 언덕으로 놀러 오세요
　　　—「겨울나무」전문

　"겨울나무"는 "맨몸"이다. 모든 것을 다 "떠나보내"고 "모
든 장식 다 떼"어 내었기 때문이다. 그래서 겨울 추위도 "맨
몸"으로 오롯이 혼자 감당해야 한다. 그러나 시적 화자는 말
한다. "동정"하지 말라고. 오히려 "온전히 나를/ 드러내"면
서 진정 "나만을 위한 시간"을 향유하고 있다고. 시적 정조
가 이제 본래의 자신으로 회귀한 것에 대한 각성을 바탕으
로 하고 있다. 그동안 나무는 무성한 잎들과 열매들을 키우
고 보살피는 역할론에 충실하면서 정작 자기 자신을 온전히
살지는 못했던 것이다. 이것을 인생론에 비견하면 마치 자
식을 키우고 가정을 돌보고 사회적 위상과 관계의 역할 속

에서 자리매김 되던 비본래적 자신으로부터 벗어나서 본래의 자아로 회귀한 단계이다. 그래서 이 겨울은 "마음껏 즐"기고 느껴야 할 나를 위한 나만의 소중한 시간에 해당된다. 하강의 극점에 해당하는 겨울 인생론에 대한 긍정의 자세가 담담하게 드러나고 있다. 실제로 "겨울나무"는 가장 응축된 수렴의 귀결점이면서 새로운 시작의 봄을 향한 견인의 속성을 지닌다.

바로 이러한 "겨울나무"의 인생론을 좀 더 구체적으로 이해할 수 있는 방법은 무엇일까? 그것은 봄, 여름, 가을 나무의 인생론과 비교 속에서 그 변별성을 제대로 규명할 수 있다. 이를 인간 삶의 구체에 비견하면 노년기의 참모습은 유년기, 청년기, 장년기의 생래와 비교 속에서 조망될 수 있다는 것이다.

어린 시절의 나는 물음표
세상은 정말 신기하고
궁금한 것 투성이야

청년 시절의 나는 느낌표
방향만 정해졌다면 어디든 갔을 거야
아무도 날 막을 순 없었을 걸

중년의 나는 쉼표
정신없이 달리다 보니 어지러워
어디든 걸터앉아 쉬고 싶어

머리 희끗희끗해진 나는 다시 물음표

긴 세월 살았어도 아는 건 별로 없고

머릿속엔 의문들이 가득해

앞으로 내게 남은 부호는

어떤 것일까

이젠 그만 멈추라는

까만색 마침표일까

　　―「인생의 부호」 전문

　노년기에서 반추해 보는 유년 시절, 청년 시절, 중년 시절을 제각기 서로 다른 "인생의 부호"로 변별시켜 표상하고 있다. 그의 이러한 인생론은 마치 자연의 순환 리듬과 이법을 설명하는 음양오행陰陽五行의 국면과 대응되는 특성을 드러낸다. 음양오행은 우주의 만물이 생성하고 소멸하는 반복적인 원리에 대한 해명인 바, 인간의 생애 역시 여기에 상응하기 때문이다.

　"어린 시절"은 자연의 순환 리듬을 설명하는 음양오행陰陽五行에 대응시키면 목木의 국면으로서, 힘의 집중, 생명의 내적 배양력, 생의 용력湧力에 해당한다. 따라서 유년기는 식물의 생장수장生長水藏에서 싹을 틔워 자라는 생生의 단계에 해당된다. 인생에서 이때는 "세상은 정말 신기하고/ 궁금한 것 투성"이다. 그래서 호기심과 도전의식이 발현되는 시기로서 "물음표"로 표상된다.

　"청년 시절"은 음양오행에서 화火의 국면에 해당한다.

화火는 생명력의 외적 분출長, 무성한 잎, 여름, 한낮을 표상하는 바, 끊임없이 뚫고 나가고 싶어하는 속성을 지닌다. 이를테면, 나무의 줄기를 타고 올라온 내적 힘이 잎새의 창대한 빛으로 분열·확산하는 형상에 비견될 수 있다. 그래서 시적 화자는 "방향만 정해졌다면 어디든 갔을 거야/ 아무도 날 막을 순 없었을 걸"하고 회고한다. 그래서 "느낌표"의 탄성이 연속되는 시기이다.

"중년"은 음양오행에서 금金의 국면에 해당한다. 금金은 내적 수렴, 열매, 가을, 저녁을 표상하는 바, 수렴과 하강의 성향으로 선회하기 시작한다. "정신없이 달리다 보니 어지러워/ 어디든 걸터앉아 쉬고 싶"은 형국으로서 "쉼표"로 표상된다.

"노년"은 수水의 국면으로서, 견고한 내적 응축, 씨앗, 겨울, 밤을 표상하는 바, 끊임없이 단단해지고 싶어하는 속성을 지닌다. "마침표"를 향해가지만 그것이 끝을 뜻하지만은 않는다. 끝은 출발의 원점이기도 하기 때문이다. 그래서 "마침표"에는 유년기의 "물음표"가 동시에 내재되어 있는 형국이다.

또한 이때의 "물음표"는 지나온 유년기, 청년기, 장년기의 연대기를 미적 거리를 두고 반추하고 직시하고 발견하고 성찰할 수 있는 지적 호기심이며 동력이기도 하다. 시적 화자는 바로 이와 같이 삶의 연대기에 대한 총체적 성찰이 가능한 위치에 있는 것이다. 다음 시편은 이러한 미적 거리에 대한 구체적 지각을 드러내고 있어서 주목된다.

공간을 둘로 나누고

창이 속삭인다

좋은 건 다 건너편에 있어

봐, 꽃도 더 붉고
잔디도 더 푸르고
햇살조차 더 환해 보이지 않아?

내가 자리를 옮기면
다시 생겨나는 건너편

나는 매일 창에 기대어
건너편을 바라보며
한 뼘씩 야위어 간다

좋은 건 왜 늘 건너편에 있을까
— 「건너편」 전문

　미적 거리를 통해 대상의 진경을 재발견한다. 다시 말해, 미적 거리를 둘 때 소중한 기억과 그 의미를 제대로 인지하고 감상할 수 있다. 미적 거리는 풍경을 조감하는 방법론인 것이다. 이에 대해 시적 화자는 "좋은 건" 모두 "건너편"에 있다고 말한다. 이것은 "건너편"에 있을 때 "꽃도 더 붉고/ 잔디도 더 푸르고/ 햇살조차 더 환"하게 온전히 감상할 수 있다는 것이다. 마치 명화를 올바로 감상하기 위해서는 적당한 거리가 필요한 것과 같은 이치이다.

이와 같이 미적 거리를 통한 반추 속에 가장 아름답고 빛나게 반사된 풍경은 무엇일까? 그것은 사랑이다. 인생에서 사랑은 가장 순도 높은 고귀한 가치이다. 그래서 시적 화자의 사랑의 서사는 강렬한 열도를 지닌다. "수많은 사람들 중 단 한 명/ 그대를 만"난 "인연"(「인연」)은 오랜 세월에도 풍화되어 사라지지 않는 경험된 현재인 것이다.

눈 내리는 크리스마스 이브
하늘이 유난히 까맣던 밤에
우리는 다시 마주쳤지요

아무렇지 않은 듯 인사를 하고
아무렇지 않은 듯 안부를 물었지요

어쩌면 그날, 우리
가슴 깊숙한 곳에 펌프를 대고
묻혀 있던 서로를 퍼올릴 수도 있었겠지요

한 때 우리를 태웠던 그 불로
현실이라는 주유소를 살라버리고
다시 부둥켜안을 수도 있었겠지요

그러나 하필 그날, 신호처럼
차가운 눈이 펑펑 쏟아져
온 세상을 덮고 있었지요

지난 일은 뒤돌아보지 말라는 듯이
하얗게 잊어버리라는 듯이

짧은 인사를 마지막으로
우리는 다시 헤어졌지요

어깨에 쌓여가는
얼어버린 눈물들을 털어내면서
—「쉘부르의 이별」전문

　"짧은 인사를 마지막으로" 헤어진 인연이지만 그러나 그
기억은 지금, 여기에 현존한다. "지난 일은 뒤돌아보지 말"
고 "하얗게 잊어버리라" 생각하고 다짐했지만 그러나 그 기
억은 생생하게 되살아 난다. 다시 말해, 뒤돌아보거나 잊어
버리지 말자고 다짐하는 것이 다시 돌아보고 기억하는 과
정이 되고 있다. 롤랑 바르뜨에 의하면 사랑을 하는 주체는
나 자신이 아니라 사랑 그 자체이다. 그래서 잊는다거나 생
각하는 것은 사랑의 의지의 소관이지 결코 나의 의지로 결
정될 수 없다. 따라서 뒤돌아보거나 잊어버리지 말자고 다
짐하는 것은 뒤돌아보거나 잊어버릴 것을 두려워하는 심리
의 산물이다. 사랑을 잊어버리는 것은 사랑 자체로부터 완
전히 떠나는 것, 즉 무관심이다. "한 때 우리를 태웠던 그
불로/ 현실이라는 주유소를 살라버리고/ 다시 부등켜안을
수도 있었겠지요"는 아직 그와의 정념으로부터 자유롭지
못하다는 것을 가리킨다. 사랑은 다른 무엇으로도 대체될
수 없는 인생의 가장 순도 높은 의미이며 가치이다. 시적 화

자에게 사랑은 이처럼 현실에서는 부재하지만 의식속에서는 현존하는 역설적 존재성을 특징으로 한다. 그래서 다음과 같이 가상과 현실이 혼종하는 시편이 씌어진다.

때 되면 나타나 실눈 뜨고서
가만히 훔쳐본 거 모를까봐요

금빛 눈썹 내리깔고
고요히 내려다봤죠

그래 놓곤 말도 없이
가버리다니

나도 같이 바라본 거
설마 그대 모르셨나요
　　　―「눈썹달에게」 전문

　시적 화자는 "눈썹달"이 "실눈 뜨고서/ 가만히 훔쳐"보다가 "말도 없이/ 가버"렸다고 말한다. 물론 이것은 "눈썹달"의 상황이나 의지와는 무관하다. 그러나 시적 화자에게는 분명하게 실재하는 심정적 진실이다. 시적 화자의 미적 주관성이 객관적 사실을 압도하고 있다. 사랑의 회억은 이처럼 가상과 실재의 경계가 없다. 그래서 현존과 부재, 과거와 현재의 경계 역시 따로 없다. 사랑이 일시적 가치가 아니라 녹슬지 않는 영원한 가치일 수 있는 주된 이유가 여기에 있다. 그래서 시적 화자는 스스로 자신의 일생을 "목 쭈욱 빼고/ 몸은 장대처럼 길게 늘이고/ 얼굴은 늘 한 곳만 바라보고 있"는 "솟대"에 비견한다. "높이 솟아 더 잘 기다리라고/ 오실 그대 제일 먼저 마중하라고" 살고 있는 "솟대"(「솟대」)의 인생이 자신이라는 것이다.

일생이 이처럼 기다림의 연속이라는 것은 굳이 이성과의 사랑의 경우에 국한되는 것은 아니다. 절대적 가치를 지닌 대상은 늘 간절한 기다림의 대상이다. 그래서 "네가 천천히 오고 있으니까/ 내가 더 빨리 가야지// 너에게로 가까이/ 더 가까이"(「너와 나의 속도」)가는 삶을 지속하게 되었던 것이다. 이처럼 소중한 것은 모두 간곡한 기다림의 대상이다. 생각해보면, 모든 인연은 소중했다. 모두 너무도 깊고 아득한 연기緣起 과정의 기적적 산물이었던 것이다.

　　셀 수 없이 많은 사람들이 나를
　　그냥 지나쳐 갔지요

　　수많은 사람들 중 단 한 명
　　그대를 만나게 해 주려고
　　모두들 나를 모른 척했었군요
　　　―「인연」 부분

　　무엇이 너를 내게 데려왔을까

　　수천 번의 검색
　　수만 번의 클릭이 반복되어

마침내 만난 우리

천만년 전부터 네가 나를 불렀기에
수천만년 전부터 내가 너를 찾았기에

오늘, 이 자리
이 순간의 기적
　—「알고리즘」전문

　"인연"은 원인을 도와 결과를 낳게 하는 연기緣起작용의
산물이다. 한 송이 꽃이라 할 때, 꽃씨를 '인'이라 한다면 꽃
씨가 싹이 나고 잎이 나고 자라서 꽃을 피우기까지는 물과
햇빛과 영양분의 적절한 도움이 동반되어야 하는 데, 이를
'연'이라 한다. 그래서 이 세상에서 서로 다른 존재와 인연
을 맺는 것은 신묘한 기적의 산물이다. "그대를 만나게"되
기 까지는 "수많은 사람들"이 "나를 모른 척하는" 과정들을
거치기도 해야 한다. "알고리즘"으로 설명하면, "수천 번의
검색/ 수만 번의 클릭이 반복되어/ 마침내 만난 우리"로 풀
이된다. 그래서 모든 인연은 "수천만년" 세월의 결정체로
해석된다.
　이와같이, 인연의 절대적인 소중함을 재발견하고 인식하
는 태도는 어느새 스스로 "빈컵"이 되는 경지를 느끼게 된
다. 자신을 스스로 비움으로써 외적 대상이나 가치를 올바
로 발견하고 수용하며 동화될 수 있기 때문이다.

　내 속은 텅 비어 있어요
　그럼, 나는 텅 빔인가요

물을 담으면 물컵이

와인을 담으면 와인잔이 되고

꽃을 꽂으면 꽃병이 되죠

(…)

그럼, 나는 누구인가요

필요하지만 원치 않는다는 매정한 말에도

그대 위한 자리 비워두느라

테두리가 되어버린 나

그럼 나는, 텅 비어

채워지기를 기다리는 기다림인가요

　　　　　　　　　—「빈컵의 생각」전문

　공자는『논어』'위정'편에서 나이 70을 종심소욕불유거從
心所欲不踰矩라고 하여 마음이 하고자 하는 바를 좇았으되 법
도에 어긋나지 않는다고 한다. 마음이 법도에 맞다는 것은
자신의 아집에서 벗어나 대자연의 순환원리에 순응한다는
것이다. 즉, 자신의 아상我相에 갇힌 소아小我를 버리고 이
타적인 대아大我를 내면화하는 삶을 가리킨다. 다시 말해
장엄한 인연의 순환 원리의 일부로서 자신을 자각하고 순
응하며 실천하는 것이다.

　"빈컵"이 된다는 것은 바로 이와 같이 자신의 욕망과 집

착을 비워내고 게워낸 상태를 가리킨다. 그리하여 "물을 담으면 물컵이/ 와인을 담으면 와인잔이 되고/ 꽃을 꽂으면 꽃병이" 된다. 어떤 대상도 있는 그대로 받아들일 수 있는 그릇이 되고 있는 것이다. 노자가 『도덕경』에서 설파한 도충이용지 혹불영道沖而用之 或不盈 즉, 도는 '비어 있어서 비어 있음으로 행위를 하는 데 아무리 해도 가득 차지 않는다'는 전언을 떠올리게 한다. 이를 시적 정황의 맥락에 맞게 해석하면, 모든 존재는 쓰임用으로 존재하는 바, 허虛는 그 가장 공통분모이다. 이를테면, 물잔이 물잔일 수 있는 것은 물을 담을 허虛가 있기 때문이며 책상이 책상일 수 있기 위해서는 역시 책을 올릴 수 있는 허虛가 있기 때문이다. 따라서 허虛를 회복하는 것이 자기 존재의 본모습을 찾는 것이다. 따라서 "그럼 나는, 텅 비어/ 채워지기를 기다리는 기다림인가요"는 자신의 본래의 자아로 회귀한 현재적 상황의 표백으로 해석된다. 이때에는 "필요하지만 원치 않는다는 매정한 말에도/ 그대 위한 자리 비워"둘 수 있는 포용적이고 헌신적인 사랑의 실현이 가능하다. 본래의 자아를 회복했을 때, 자연의 이법에 따라 외부 세계를 온전히 수용하는 이타적 존재로 거듭날 수 있기 때문이다.

이처럼 본래의 자아로 돌아온 모습을 구체적으로 형상화하면 바로 "겨울나무 우리 엄마"의 모습을 띄게 된다.

코끝 찡하고
귀 얼얼한 겨울 저녁

찬바람 맞고 서 있던 겨울나무가

내게 건넨 말

(…)

잎도 지고
꽃도 지고
열매도 남은 게 없어

흔들리는 마음밖에
줄 게 없어서 미안해

아, 엄마였어요?
겨울나무 우리 엄마
　―「겨울나무 우리 엄마」 부분

　"겨울나무"가 내게 말을 건넨다. "잎도 지고/ 꽃도 지고/
열매도 남은 게 없어". "겨울나무"는 어떤 권세도 장식도 없
어서 오직 "마음"만을 줄 수 있을 따름이다. 여기에서 오직
"마음"이란 자신의 가장 본원적인 원형 심상을 가리킨다.
시적 화자는 여기에서 자신의 "엄마"의 얼굴을 만난다. "아!
엄마였어요?/ 겨울나무 우리 엄마". "겨울나무"에서 가장
순정하고 절대적인 사랑을 베풀며 살았던 "엄마"의 초상을
만나고 있는 것이다. 그리고 이것은 곧 "겨울나무" 인생에
도달한 자신의 모습에 다름 아니다. 앞에서 살펴본 "이제야
모든 장식 다 떼고/ 온전히 나를/ 드러내"고 있는 "겨울나
무"(「겨울나무」)의 모습과의 동질성을 고스란히 목도할 수

있기 때문이다.

이렇게 보면, 시적 화자가 걸어온 길은 자신의 가장 본모습으로 회귀하는 여정이었으며 동시에 어머니와 동일화되는 과정이었던 것이다. 그러나 이것이 "이젠 그만 멈추라는/ 까만색 마침표"는 결코 아니다. "머리 희끗희끗해진" 나에게는 어느새 "다시 물음표"가 일어난다. 견고한 내적 수렴의 "겨울나무"는 씨앗처럼 가장 응축된 수렴의 귀결점이면서 새로운 시작의 용력勇力과 탄성을 향한 견인의 속성을 지닌다. 생장수장生長收藏하는 자연의 이법에서 장藏은 생生을 향한 출발점이기도 하기 때문이다. 이것이 중중무진重重無盡한 인연因緣의 영원한 순환 리듬을 살아가는 본래적 자아의 본령이다. 그래서 나는 또 다른 봄을 낳는 내적 동력이 된다. 마치 장엄한 꽃들의 잔치가 "봄마다 한 살"로 현현하는 것과 같은 이치이다. 그래서 다음 시편은 각별히 주목된다. 시적 화자의 본래적 자아가 도달한 내성의 깊이를 감지할 수 있기 때문이다.

꽃의 나이는 한 살
봄마다 한 살

보송한 솜털
초롱한 눈매
벙긋 벌린 입의
꽃 아가들 모여 앉아
까르륵 웃어대면

세상은 꽃잔치
사방팔방 봄잔치

꽃의 나이는 한 살
올해도 한 살
─「꽃의 나이」 전문

황박지현

황박지현(본명: 박지현) 시인은 강원도 원주에서 나고 서울에서 자랐으며 1993년 미국으로 이민하여 LA에 거주하고 있다. 2017년 재미시인협회 신인상으로 등단했다.

이메일 freedomofthinking@naver.com

황박지현 시집
글자 사이로 바람이 불면

발 행	2023년 10월 13일
지 은 이	황박지현
펴 낸 이	반송림
편집디자인	반송림
펴 낸 곳	도서출판 지혜, 계간시전문지 애지
기획위원	반경환 이형권
주 소	34624 대전광역시 동구 태전로 57, 2층 도서출판 지혜
전 화	042-625-1140
팩 스	042-627-1140
전자우편	eji@ji-hye.com
	ejisarang@hanmail.net
애지카페	cafe.daum.net/ejiliterature

ISBN	979-11-5728-521-1 03810
값	10,000원

이 책의 판권은 지은이와 도서출판 지혜에 있습니다.
양측의 서면 동의 없는 무단 전제 및 복제를 금합니다.